KB112082

봉인된 말

봉인된 말

발행일 2017년 04월 21일

지은이 김 순 선
펴낸이 손 형 국
펴낸곳 (주)북랩
편집인 선일영　편집 이종무, 권혁신, 송재병, 최예은
디자인 이현수, 김민하, 이정아, 한수희　제작 박기성, 황동현, 구성우
마케팅 김회란, 박진관
출판등록 2004. 12. 1(제2012-000051호)
주소 서울시 금천구 가산디지털 1로 168, 우림라이온스밸리 B동 B113, 114호
홈페이지 www.book.co.kr
전화번호 (02)2026-5777　팩스 (02)2026-5747

ISBN 979-11-5987-533-5 03810 (종이책)　979-11-5987-534-2 05810 (전자책)

잘못된 책은 구입한 곳에서 교환해드립니다.
이 책은 저작권법에 따라 보호받는 저작물이므로 무단 전재와 복제를 금합니다.

이 도서의 국립중앙도서관 출판예정도서목록(CIP)은 서지정보유통지원시스템 홈페이지(http://seoji.nl.go.kr)와 국가자료공동목록시스템(http://www.nl.go.kr/kolisnet)에서 이용하실 수 있습니다.
(CIP제어번호: CIP2017009609)

(주)북랩 성공출판의 파트너

북랩 홈페이지와 패밀리 사이트에서 다양한 출판 솔루션을 만나 보세요!
홈페이지 book.co.kr　1인출판 플랫폼 해피소드 happisode.com
블로그 blog.naver.com/essaybook　원고모집 book@book.co.kr

김순선 시집

봉인된 말

| 시인의 말 |

돌아오지 않을 리듬에 끌려
덧없는 시간을 붙잡고
낯선 음률 마디에 걸려 홍얼거리다
세월만 헛되이 보내고 말았다

밀쳐놓았던 마음의 호미질
가지런히 이랑을 내고
그 위에 흘린 땀방울은
제 음을 찾아 다시 길을 간다

길은 새로 내는 것이 아니라
누군가 걸었던 길을 따라가지만
세상은 저마다의 아픈 지리부도 하나 만들어
그 길 한복판에서 넘어지는 길을 허락한다

차례

제2부 포구의 휴식

제3부 꽃의 뿌리가 아프다

제4부 세월 마중

제5부 마음의 밭을 경작하다

해설

제1부

어머니가 가르쳐 주지 않은 길

홀로 배우는 길

별 부족하지 않았는데
덜 여문 추수가
길 위에서
조바심을 품고 있다

뜨거워진 건망증
가슴 꼭지까지 시린 잠꼬대
빤한 말 쉴 새 없이 주워 담고
꿈을 꾸다가 고개만 기운다

옥죄며 굽이치던 계절은
어머니가 가르치지 않은 세상을 배우느라
나를 드러내야 했고 모든 걸 잃을 수 있는
그제서야 사람 냄새가 난다

반나절 찌푸린 낯빛은
빈 몸의 무게만큼 햇볕을 받아들고
구름과 자유로운 동행을 꿈꾸며
한껏 날아오를 태세다

첫차를 타면

새벽을 여는 걸음들의 신발은 투박하다
하루를 덮어버린 밤의 전령들이
아직 잠에 취한 시간인데
일상의 휴식으로 벗어 놓았던 신발은
어제와 다를 바 없는 하루를 맞이한다

노동의 주인은 언제나 야박스러워
저 일바지가 흘러내리도록
하루를 소진하지만, 마음은 허기가 돈다
내일은 어머니의 품 같은 세상이려니 하지만

다시 오른 대중교통
등받이는 잠꼬대에 흔들리고
하루를 짊어진 어깨는 봄볕도 무겁다
삶을 움켜 쥔 열 손가락은
낡은 가방 속을 더듬는다

중년의 기록

꼭꼭 여며 놓은 곳간엔
놓치지 않은 별의 노래
온 몸 움켜쥐고 하늘로 오른다
가끔 산에다 놓아둔
야무진 가락들이 한 계절씩 들어앉아
바래지 않을 곡조 고르는 중이다

어제 잊은 리듬과
몸의 계절로 악보를 펼쳐보니
거역할 수 없는 생의 기별

몸의 색으로 문을 닫고
갈증을 호소하는 구름의 낯빛은
눈앞에 놓인 유령 같은 세월
투명하게 엮어서
지상의 작은 가슴과 나눈다

기억의 빨래터

어릴 적 몸의 기후가
신비로움이라는 걸 몰랐다
서툴던 마음 속 가여운 비밀 하나 꺼내 본다
수증기가 피어나듯 수줍은 빨래들
물 위에 둥둥 떠내려간다

꽃이라고도 하고
여자가 되었다고도 하고
태어남의 궁(宮)을 이제 얻었다는 찬사도 있다
그 아름다운 여행이 영원하지 않다는 걸 모르고
방망이로 터뜨려 싹싹 비벼 놓고 쓸어내리면

여울에 걸터앉는 비로소 몸
푸른 이끼를 베고 누우면 다시 푸르게 피어날
그 신성한 땅의 계절을 향해
세상은 사랑의 꽃잎을 뿌리는 중이다

가정의 힘

가장의 말이 법이 되는 나라
젖줄의 선한 눈빛으로 만든 둥지
둘이 하나로 빚어내는 탄생
오롯이 두 손 모으게 한다

때론 낯선 바람에
대문이 흔들릴 때도 있지만
풋보리 같은 정을 붙잡고
질긴 생각에서 걸어 나온
어머니 당부의 말씀은 거름이 되어
뿌리가 튼실한 나무로 자라게 했다

넓은 잎을 달아놓는 일은
씨줄 날줄의 거룩한 건설이며
작은 우주의 멜로디는
가장 아름다운 악보다

감자

꽉 눌러진 박스 속
아무렇게나 돋아난 싹이
햇볕을 따라나서다
가녀린 줄기 뒤엉켰다

빛을 향한 걸음은
다급하고도 간절하다
볕 가까운 줄기엔
뽀얀 꽃대가 환하다

제 몸 비워
꽃을 다는 어미는
살아있는 신전이다

새벽시장

손만이 아니라
마음으로 보듬어 주어야
푸성귀 거친 몸도 눈에 든다

묶인 몸은 흙을 털고 나와
반지르르한 매무새
좌판에 누웠다

식성을 찾아 종종거리는 눈빛
그 사이로 제 몫의 얼굴을 내밀고
누군가의 입맛에 안겨지길 기다리다

해거름이면 눈길에 절은 푸성귀
어둠을 받치고 섰다가
후줄근한 시간을 담아 들고
마음만 부자로 돌아간다

도정(擣精)

거친 몸을 벗겨야 하는 것이
어디 곡식뿐이랴
한 생도 가는 날까지
가슴 저미는 길을 내고
마음 비우는 기진함을 배운다

마을 어귀 물레방아
향수일지 모르나
엄지와 검지에도 잡히지 않는 씨알들
입안에 넣는 일도 이토록 고달픈데

마음을 씻어줄 도정(擣精)소
이름 위에 세우면
어머니의 젖을 물었던
그 천진한 웃음 웃어 보일 수 있을까

장터

감겨드는 눈
달빛 속을 걷고
모자란 수면은
새벽 장터 호객꾼들의
흥정에 달아나고

땀 밴 밭고랑
초록의 촘촘한 숨소리 출렁거리니
노동의 바짓단엔 흙내가 묻어있다
쭈글쭈글한 손갈퀴로
여명을 깨워 하루를 꺼내놓는다

눈길 한 번에 걸음이 머무는 힘은
침 튀기는 입담이 아니라
흙의 노래가 들리기 때문이다
장터엔 세상 삶들의
이동 경로가 풀리는 중이다

불청객

세상 바다에서
주워담았던 빈곤한 시간
한 자리에 펼쳐 놓았다

독촉장처럼 날아드는 횡포
붉은 열정은 걸쳤으나
거울 속 주름진 불청객이다

백발의 화관을 씌워놓고
하루를 차려놓는 시간의 폭력
초청하지 않아도 따라와
숨이 가쁘다

그리움

변함없는 영상
숭숭 뚫린 가슴에 산다

가슴의 온도로 생성되는
마음의 솔을 움켜쥐고
울음을 쓰다듬으며 그 길을 간다

당도할 수 없어 뼛속까지 시리다
시린 사유의 세계는 문장에도 살아 있다

첫울음

눈이 부셔 감은 눈으로 운다
복사꽃 같은 잇몸을 드러내
젖을 무는 울음은
엄마와의 유일한 소통이다

삶의 연료를 찾기 위한 소리
그 울음을 비유하려니
또 다른 재현은 나오지 않는다
세상에서 가장 위대한 몸의 문에선
아기의 첫 울음을 낳는다

나를 알리는 소리
작은 우주의 첫울음
어머니의 장엄한 문이 열릴 때

물길

나뭇잎 사이로
해무의 음탕한 물빛이
슬금슬금 몸 숨기며 술래잡기를 하잔다

몸 뒤척이다가 찢긴 상처
유유히 흐르기만 해도
치유를 향한 길이다

웅장한 교각 위 분주한 질주
후미진 물길의 내력은 시대의 흐름에 덮어놓고
녹슨 나루의 옛 지명만 길 위에 섰다

사이

연두빛 잎들이
가을을 마중하는 꿈에 부풀어
잠을 설치는 오차로
제 몫은 갖추지도 못했는데
절기의 황홀에 취해 혼절했다

바람의 호명 앞에 흔들리는 가슴은
파랗고 높은 하늘에 느슨해진다
돗자리에 누워 귀뚜라미 합창에 젖어들고
세월의 주막에서 얻어 마신 막걸리 한 잔에
설익은 열매 낯이 설다

화장술은 익숙하지 않아도
떨리었던 순간들은 순결했고
씨앗 그 주머니 속의 달달한 체취는
또 다른 나를 가득 우겨 놓고 향기 피워낸다

제2부

포구의 휴식

문서, 부재중이다

팔십 노모는
여전히 늦은 시집살이를 한다
빨래한 옷을 개키는 일부터
반찬의 맛을 내는 일까지

자식이 부모의 마음을 백 분의 일만
헤아릴 줄 알아도
때 늦은 현모양처 호칭만 손끝에 붙였다

생각의 꼭대기 비밀 정원에는
가정이라는 집을 지을 수 없다
마음의 문턱은 낮추어야 하고
젊음이 넘치는 문서는 조금 비워놓고
한 몸이 되려는 문서를 찾아야겠다

포즈

풀잎은 계절의 허기로 눕는다
내일로 가는 길 누렇게 익어
껍질이 툭툭 터져 불거진 알갱이들
들창 삐죽이 열고 허공을 유영한다

상처로 거뭇한 심장
입술 위에 검지를 세워 쉿!
저항력으로 밀어붙이는 힘을 조절하기 위해
문드러진 허물을 하얗게 일구며 새싹을 낸다

쓰고 싶은 말을
입 밖에 내지 못하고 잠드는 날이면
깨진 영혼의 창을 닦으며
거칠어진 삶 그 위에
봄볕 한 줌 얹어놓는다

그냥 눈물이

꽃 비가 내리는 날
꽃은 보이지 않았다

해맑은 웃음이 피어나던
그 골목을 두리번거리다 들려오는 기별에
목이 멘다

두 손 모은 채
봄볕 제단에 촛불 피우며
살아 있음이 죄라서
노란 문풍지 떨리는 밤을 밝힌다

어느 시인

수평대 위에 추억을 올려놓고
물무늬 진 갈피 껍질을 벗겨
원고지에 툭툭 털어놓는 언어의 파편들
그 사이로 꽃길이 열렸다
꽃의 언어들이 새 음절로 노래하고
또 다른 계절을 들어올리는 바람 소리 듣는다

잉걸불 같은 몸 석진 않아도
생을 다하는 날까지 온갖 집을 짓고
무언의 대화를 옮겨 적는 동안 나를 잊었다
입으로 지어낸 말에 멀미가 일고
마음이 허허 하도록 쏟아놓은 말을 주워담으며
말은 꾹꾹 눌러 둘 때가 더욱 아름답다고

고통의 문고리를 잡고 문장 한 줄 새길 때
바람의 노래 날아와 훙얼거리는 오늘
물음을 비비고 대답을 만들어
파닥거리는 언어로 둥지를 틀기로 했다

농(弄)을 나누어 마신다

서랍장 속 기생하는 나비들
동구 밖 그늘에 모여
빛깔도 향기도 없는 농(弄)으로
웃음을 나눠 마시고 행복해 한다

농의 짙은 색깔만 나누어 마시느라
시든 장미든 호박꽃이든
시야 끝에서 옷을 벗겨
농의 진한 맛으로 간을 본다

마른 잎들의 노래는
대문 밖에서 주워 담은 설익은 가사
헛기침에 올려놓고 옛날을 부르다
찐내 나는 대화로 온몸을 달군다

깨진 물길

강의 젖줄 사이로
술래잡기 하자는 은밀한 전갈들
역동하는 흐름을 가둔다
개발 횡포에 성형한 강물은
빗살무늬 매무새 훌훌 벗어버렸다

고향을 잃은 물방개 둥둥 떠 있고
연일 새벽을 깨우는 소식지
그 후유증에 말문을 잃었나 보다
기별이 없다

후미진 어디쯤에서 허리띠를 풀고
강의 지형 하나씩 지우고
야금야금 물의 입술을 뜯어 먹고
대지는 물 위에 서 있기도 하지만
수면 아래 누워 잠들기도 하니까

우마차

바퀴 구르는 소리만으로도
무게를 잴 수 있다시던 아버지
“짐을 덜어야겠다”
그게 무슨 말씀이신지
알아차리지 못했다

볼을 에는 날
경사진 빙판 위에서
숨 고르기 하는 소의 눅진한 침이
당신의 배고픔이라며 밥상 위 그릇만 헤이시던
말 없으시던 아버지의 그 눈빛

아버지의 계절 그 문에 들고 보니
그 시절 아버지의 어깨가 많이 눌려 있었다는 것을
삼대 의식주가 매달려 짓누르던 무게를 이제 본다
소 잔등과 아버지의 허리춤에 묶여있던
뜨겁게 내뿜던 “이랴!” 소리를 듣는다

아버지의 웃음소리는 마을에서 가장 크셨다

포구의 휴식

번창한 나루다
바람이 몰아넣은 배들은
울안에 갇혀
모처럼 서로의 허리를 툭툭 건드려본다
흠모만 하던 서로의 얼굴과 가슴을
간질거리기도 한다

속도를 측정하지 않아도 되니
내일을 응용하지 않아도 된다
물에 빠진 달의 꿈 얼마만의 휴식인가?
가끔은 기상 부표의 핑계로 일상을 정박해 놓고
아름다운 가락 한 자락에 시름을 잊기도 한다

푸른 수반 위에
올려놓은 어부들의 지친 영혼과 몸의 휴식
시간의 화폭이 모처럼 제 기능을 발휘해
바다의 거센 폭풍과 갈매기의 충혈된 눈
아직 표류 중인 또 다른 어선을 화폭 위에 담는다
그 시간만큼은 포구는 안전지대다

봄옷 입는 소리

꽃잎 몸 푸는 소리는 목마름의 고백이다
동장군의 시샘에도 마르지 않던 언어들이
연두빛 노래 불러주고 봄비에 얼굴 씻긴 산마루
어린 신부의 행진 눈이 부시다

침묵의 긴긴 소통에 달라진 것은
눈치 보지 않고 서로를 향해서 웃음 띤 소리를 내
고
가슴 붉어진 웃통을 벗어 보여주고
아무에게나 가슴을 내어 젖을 물리고
마른 껍질이 툭툭 터진 속살을 보여주고
봄옷을 걸친 동구 밖 그 길엔
계절을 삼키며 익혀둔 춤판이 벌어졌다

어떤 삶

지고 들고 온 하루를
허름한 처마 끝 한 귀퉁이에 가지런히 풀어 놓는다
저 풀어 놓은 오늘이
누군가의 손에 들려져야 할 텐데
만져보기도 전에 후드득 빗소리가
허기진 등을 일으켜 세운다

천식 소리처럼 가난하기만 한 삶
어깨가 무거워 보임은
자식에게 빚지운 걸음이었다는 걸
감추고 싶어서일까
해 두어 뼘 드는 골목으로 떨어지는
희미한 불빛이 유난히 힘겨워 보이는 하루다

3월은

봄의 이정표 따라가 보면
거기 길을 가르쳐 주던
고통의 무늬들이
아른아른 아지랑이로 풀려
버드나무 빈 가지에 드리우고 있다

해쓱하던 고요
햇살 한 줄 잡아타고 그네놀이를 한다
흙의 내력을 풀어내느라 해빙의 빗장을 연다
제 몫의 벅찬 이름 앞에서 긴장하고
들뜬 마음을 풀어놓는 힘은 서로 닮았다
숲이 들이 산이 해산하는 계절이다

5월

저 현란한 춤 풀어놓기까지
계절의 모서리에서 시퍼런 바람을 맞았다

겨우내 침묵 중이던
지층의 물길은 빠른 속도로
징 우는 소리를 낼 때 빈 가지 위로
햇살 바늘 꽂아주니 페르세포네*의
장엄한 자궁을 열어 해산 중이다

뜨거운 대지의 변성기를
부추기며 가슴을 열어 보는
충돌의 연속 그 틈 속으로
나신이 되어
녹색 잎 하나 덮고 드러눕는다

5월은 지금
대지를 더듬는 중이다

---

* 데메테르와 제우스의 딸, 처녀자리가 됨

겨울 강

물을 삼켜버린 침묵한 강은
얼음장 등을 하곤 누워 있다
다시는 입을 열지 않으려는 듯
고요 속으로 성큼성큼 들어앉아
우람하고도 긴 강에 빗장을 건다

결빙으로 만들어 놓은 툇마루엔
노을을 마중하던 달빛이 노닐고
젖지 않고 오간 발자국들
통통하게 살찌운 마음을 나누며
더 큰 선율을 드리우고 시공의 경계를 넘는다

낯을 가리다 지친 샛바람
새봄의 기침 소리로 바지랑대를 세워
강폭의 물빛을 날아오르게 할 때
흙 속 따스한 기척들이 길을 내니
귀가 열린 지신께선 얼어붙은 가슴을 연다

밤바다

시간의 경계는
칠흑의 휘장을 둘렀고
비장한 예술가의 등대는
어둠의 성좌가 되어
바다의 암호를 해독 중이다

태고적 음절들
앞 다투어 세상을 비추고
바다는 허공에 퍼붓는 반항으로
잠들다 일어서는 거친 몸부림을 하고
생명의 퍼런 물기둥을 말아 올린다

대지를 품을 파도의 꿈은
깨어지고 으깨진 얼굴로
소통의 문을 밀어붙이고
우주의 은밀한 체온에 숨은 생산
그곳을 향해 바다는 연일 밀고 당긴다

제3부

꽃의 뿌리가 아프다

거울

안방 장롱 가운데 서서
언제까지 잠들지 않을 것처럼
눈을 고정시킨다
내 삶의 기록이 고스란히
저 거울 속을 들어앉았다 나오곤 한다

잔주름과 함께 비벼 놓은 불면의 밤
잘게 부순 기억의 부스러기들
습작도 없는 길을 가느라
실수의 실수를 나무라며
얼얼하게 시린 손끝을 빠져나가는 시간들

그 한쪽 그림이 지워지면
거울 앞에 조아려 지그시 감긴 눈
명경의 깊은 강에 배 띄워 놓고
세상을 다 비운 양 또 한 번 질끔 감는다

계절 마중

귀띔도 없던 봄볕이
떨리는 손으로 건네준 감촉
봄비를 마중하는 꿈에 부풀어 올라
빈 가지 연둣빛 엷은 잎을 달았다

잎은 적바림을 해 놓고도
제 모양 갖추지도 못했는데
신록이 출렁이기까지는
고개를 젓다가 다시 혀를 차는 순간
어긋난 흔들림 긴 멀미로 시달린다

계절을 익히는 얇아진 몸
무엇을 덧칠하지 않아도 붉고
탱글탱글하게 여물어가는 사이
안거의 몸으로 빈약한 태동일지라도
가장 순수하고 아름다운 생명들 잉태 중이다

5월 어느 날의 시

수 없이 만들었다 지운 어휘들은
뒤틀린 문패를 보는 것 같기도 하고
너덜너덜한 원고지 옆에서
흙손으로 밥을 먹은 듯하다

5월이 뿜어내는 열기엔 비린내가 난다
그 푸름만큼 짙은 길은 없다
숨죽이고 귀만 열어놓아도 발자국 소리 듣는다
뼛속까지 저린 옹이를 키우는 일이다

익은 말이 수시로 겹쳐진 자리는
문장의 집을 짓겠다는 신호지만
여과되지 않은 말은
바퀴 없이 굴려보는 수레

계절의 관절

빗소리에 흔들리는 나뭇잎
온몸 자지러진다
서늘한 바람 옷깃 들추고
생살 엿보는 인기척 없는 굳은살
차창에 맺힌 물방울 덩달아 조각이 난다

계절의 기운이 빚어낸 한기
익숙한 풍경을 만들어
작별을 고할까 두려워
유효기간이 지난 듯한 계절은
저마다 관절을 앓고 있다

가을이면 통달한 길도 있지만
몸을 비워내는 계절의 무서운 순리
잎의 임종을 고하는 진단 견뎌야 한다
이 한 줄 적느라 삼킨 계절의 문턱들…

꽃의 뿌리가 아프다

이마에 흰 수건 질끈 동여매고
계절의 속도를 붙잡아보려
외부 접근을 막았던 리허설은
뾰족한 모서리에 걸렸다

우레로 멍이 든 가슴은 그믐처럼 어둡고
이끼 앉은 물돌처럼 만져지지 않는 그리움
뜨거운 생각이 끼어들어 마음을 잠그니
비밀의 신전에선 아픔도 거름이 되어

마음의 뿌리를 뚫고 봄볕을 마중한다
정강이 사이로 빠져나온 보얀 꽃대는
껍질 부르튼 겨울잠 사이 숨어 있어
꽃의 뿌리는 늘 아프다

가난

읍내를 다녀오신 아버지는
등이 배겼다고
아무래도 사람 구실을 못하겠다고
동생의 미간 사이로
흰 나비 한 마리 날려 보내셨다

고구마에 체했다며 고구마를 태워
그 즙을 마시게 한 어두컴컴한 신 새벽
자그마한 꽃 지게 하나 비알진 숲을 차지했다
어머니 가슴에 묻어놓은 돌무덤

못다 준 손이 또 가슴에 촘촘히 박혀
짓무른 눈매에 손은 돌 틈 사이를 더듬는다
석양을 향하여 오랫동안 고개를 걸고 있어도
꽃다지 같은 생명 지켜 내지 못했다

그 혼절했던 시절
이 새벽을 뉘 밟고 가시는 것인지
불안한 마침표,

동생의 마지막 숨소리
세월에 잠겼던 먹먹한 가슴
후줄근한 기억의 뒤란을 본다

샤갈의 그림을 입다

나무무릎을 베고 누운
저 묵화는
바람의 걸작이다

무채색 물감 받아와
문패의 연보를 덮어 놓고
텅 빈 들녘에 마음의 붓으로 채색한다

희고 흰 눈발
바람이 건네준 수신호를 마다하고
얼음의 도가니에 갇혀
샤갈의 넋을 사모하다가
속옷의 색상까지 들키고만
구차스런 변명이다

결빙의 늙은 상념은
나무 무릎을 베고 누워
샤갈의 대작을 흉내 낸 것이 아니라
샤갈의 그림을 입은 것이다

푸름을 유기하다

앳된 웃음을 기억하며
기억의 저편에서 출렁거리는
들뜬 시간의 파편들을 힐끗힐끗 본다
스쳐 간 입술의 촉감인 양
시간 앞에 성큼 다가와 마주하고

뜨거운 사유의 곳간에서
살아낸 필름을 돌려보면
웃음은 삶의 터전에서 만개하고
뒤척이는 일상은 재방송을 보듯
그 길목에서 또 만났다

지난날의 기억들을 배춧잎 들추듯
갈피를 열어놓고 잘 견디는 오늘
지금은 푸름을 유기한 세월과 화합 중이다

벽

담을 높이고
문까지 닫아 건 마음의 궁전에서
낯선 화면을 노여워하며
지나온 세월의 저편을 본다

말이 없는 공간
혼자 키워낸 상처들이
서로 목울대를 세워놓고
내 안의 성벽을 보면서
다시 명경 속 나를 찾아가는 중이다

금줄을 늘어뜨린
어제와 어제의 그림자를 조몰락거리다
반복되는 언어의 성벽에 갇혀 웅웅거릴뿐
좀처럼 헐리지 않고 있다

가을 초대장

뙤약볕에
화르르 붉어진
여문 언어들이
잔칫상에 하나둘 오르기 시작한다

하늘이 호명한 이름들
초대장 속에 작은 우주로 정렬하고
또 한 계절을 기록하는 시간
이름 모를 그리움들이 빼곡하다

여름이 빚어낸 금빛은
가을의 셈이고
세월을 업고 그려낸 나이테는
억새꽃 잔치에 초대를 받았다

언덕

비스듬한 언덕 구렁 논
흐드러진 연꽃 도도하다
연잎 사이로 지나는 바람과
무언의 대화를 나눈다

정지된 시간 잠시 흐르고
놓쳐버린 풍선을 바라보다
허전한 기별로 목이 빽빽하다
새털 같은 내 작은 소리
연잎에 얹어 놓는다

후미진 곳 들풀로 하얗게 적립된 시간
모래 위에 적는 사이 두 볼에 따듯한 물이 흐른다
올려보다 만 자리에서 마음을 베어 따끔거린다

빙하

설국이 된 강바닥은
얼음 기둥을 세우고
섶다리를 삼켜 버리고
유빙의 우레로 침묵을 키우고 있다

결빙된 조각
그 위를 기어본 그날부터
생의 전쟁은 또 시작되었다

기억을 살려본다
제 위치를 확인해 달라고 보채다 잠든 손
뿌리를 캐다 날선 도구에 찍힌 하루
추위에 넘어진 오늘
요사스런 기후 변화에 흔들리는 몸
세상의 내장을 온통 흔들어 놓는다

기도

정갈하고 성스러운 자리에서
엄숙한 자세로 무릎 꿇지 못했습니다
온 정성을 다해 격식 있게
고개 숙이지 못했습니다
죄스러운 마음
눈물 범벅이 된 채로 조아려 맞는 이 새벽
저는 무엇으로 길을 열어야 할까요?

저의 가슴에 작은 믿음 하나
싹트게 해 주십시오
하늘 저편으로 사라져 가는
샛별의 끝자락일지라도
눈여겨 보아두고 싶은 것이 있습니다
아직은 아무도 없는 이 새벽
당신 앞을 향하여 한없이 걷고 싶습니다

꽃상여

여명의 휘장이
채 걷히기도 전에
정갈하게 꾸며 놓은
꽃상여가
저리도 일찍 서두는 것은 어인 일일까

꽃이 질까 염려되어
서둘러 나서는 길
동구 밖 길가에서 마주쳤다

만장 행렬이 즐비한 신작로
침묵의 고요가 주검의 노래를 부르고 있다
세상에 뜯겨 헐거워진 삶이 서러워서
오이씨 버선발로 꽃상여 타고 먼 길 떠난다

아직도 타는 생각

세월의 작은 좌판에
퇴화된 일상을 널다가
볕도 마다한 찌든 생각
청정수로 씻어볼까 하는데
우산을 써야 할 만큼 비 내린다

비 갠 오후
꽃이 먼저와 푸념을 늘어놓기에
바람에게 말을 걸기로 했다
아카시아 꽃잎
송홧가루 날리는 또렷한
사유의 파편들을 주워담는다

제 몸을 산화시키는 놀라움
그 속에는 소통을 가능케 하는 생각들이
단 하루도 휴식하지 않는다
세상의 고단한 질문은 끝날 날이 없다

제4부

세월 마중

시(詩)

눈으로 볼 수 있는
모든 풍경은 마음으로부터 온 것이다

무너지고
아파서 흘린 눈물은 양식이 되고
흐느껴 토해내던 찌꺼기는
말의 창에 성에를 그린다

표현의 자유를 배열하다가
끝나지 않는 열정과 열애 중이다
집요한 시비를 걸어볼 작정이다

세상의 그림들과 닮은 듯
닮지 않은 듯한 너를
세상에 내놓을 것이다

뿌리로 시를 쓰고 싶다

온 몸에 넘치는 윤기는
비단 같은 세월만 지나온 것은 아니다
제 살 트는 메마른 세월을 견뎌온 대지는
마르지 않은 젖줄로 새 생을 키우는 중이다

깨를 볶듯 따가운 햇살에
풀 익는 냄새는 흙의 울음이고
뿌리를 덮던 노고는 하늘을 마중하고
흙은 되살아나는 신비를 펼쳐놓는다

붉어진 낯빛은 후줄근한 호박잎 닮아
세상의 물살을 가르지 못하지만
흙 속 뿌리의 어깻죽지를 치켜세우고
그 뿌리의 힘으로 시를 쓰고 싶다

세월

긴 여정에서 만난 무늬
가쁜 숨을 몰아쉬며
어깨를 으쓱거린다

불쑥 튀어 오르는 언어들은
봄의 문장을 헝클어 놓고
생생한 꽃을 마중하는 길에서도
얼룩진 아픔에 자색 옷을 입힌다

취약한 문자에서 풀려나오는 오만
계절의 복사본을 들고
남은 세월을 필독하는 이유를 적는다

생명의 돛을 올린다

몸 비운 가지들
아직도 무음이다
계절이 내어준 지층의 열기
숨죽여 듣는다

뿌리를 건드려 놓은
사춘기의 신열은 무논의 개구리 떼처럼
온 땅을 뒤집는 우레 소리로 요란하다
봄은 절로 오는 것이 아니다

몸의 적신호는
봄기운을 엎질러 놓기 일쑤지만
대지의 젖줄로 다시 잉태를 꿈꾼다

고드름

흩어지는
리듬을 모아
햇살 아래서 눈부신 입맞춤을 한다

가다가 멈춘 길목에서
제 몸 녹여 창조해 낸 곡조는
밖으로 튀고 싶은 노래

그 악보에 맞춰 물기 가득한 호흡
떨어트리고 싶지만
햇살 수줍어 지는 꽃

수선

품이 솔아 덧대야 하는데
어디서 절단을 해야 좋을지 난감하다
여유라고는 없는 바느질
이럴 땐 주머니면 좋겠다
다른 천으로 이어줘도
불평 없이 소지품을 담을 수 있다
속엔 무엇이 덧대졌는지 아무도 모른다

아무리 가까워도
마음의 속을 알 수 없는 사람들이 많다
흰색으로 보듬어야 할지
제 색을 골라 붙여야 할지
등 뒤에 숨겨진 속셈을 알 수가 없다
저 스스로가 파 놓은 혹은 누군가 파 놓은
함정에 쉬 빠져 자신을 잃을 때가 있다

봄

강을 따라 난 길 위로
해묵은 실타래
톡 쳐 놓은 듯 뿌연 버드나무
그 사이로 걸터앉은 봄

부풀어 오르는 대지의 힘을
바람은 제 문법대로
호반의 맑은 냄새를 모아
가장 큰 기운으로 3월을 부른다

계절의 속 뜰 깊숙이 숨어서
매해 처음 태어나는 생인 양
천지를 흔들어 깨우는 봄

지금은 충전 중

익숙한 길이든 아니든
조바심으로 행보를 하다 보면
작은 모퉁이는 지나치기 마련이다

소리로만 감지하고 달려간 길은
허공으로 사라진다

숱한 길목을 서성거리는 동안
엔진은 제 기능을 상실하고
속도를 놓친다

흰 눈이 폭폭 쌓이는 밤
모든 전원을 끄고
지금은 충전 중

깨 타작

여문 몸
흔들리는 노래
쇄쇄 쇄 쇄 쇄

풋잎에 새겨진 사연
꼬투리마다 담아 놓고
땡볕에 버틴 이야기
우르르 허공을 튀어 오른다

흙에서 얻은 몇 줄의 문장
탱글탱글한 씨앗 주머니
꼭꼭 여며놓은 우주가 쏟아진다

봉인된 말

아무것도 바라지 않을 거라고
그냥 가슴에 잠자고 있으니
언제든 그려 보면 될 거라고
새날이면 주문을 외며 문을 나서는
그 가난한 풋내가 지겨웠을까

배우지 않고 부르는 노랫말은
맘부터 부수고 나와 늘 아프다
풋잎에 가슴을 내어 준 한여름 감기는
약의 처방전이 없어 생살이 트는 길 한복판을
오래도록 서성거려 얻은 고립된 언어

비밀정원을 꾸려
마르지 않을 그리움을 쪼개 먹으며
갇혀버린 봄의 비린내를 푸름 위에 널어도
봉인된 언어들은 싹이 틀 때마다 시리다
마음의 노동은 표현할 수 없는 길에서…

휴대폰

가야 할 곳은 많은데
길을 찾지 못해서 허덕이는 세상
떨어져 있지를 못한다

헤어지면 못살 것 같다가도
꼭 감시자인 것 같아서
작별을 고하면
남이 될까 두려워 잠 못 드는 관계

애증의 오라줄 같은

호박꽃

비탈진 언덕빼기
호박꽃 배시시 웃고 있다

잠시 외유 차 다녀와 보니
툭 불거진 몸매 만삭이다

지난밤 꿈

어둑해진 방 안
그가 있다
누구냐고 묻는 눈짓에
묵언의 미소만 짓는 나
무엇인가를 고치고 있는
가벼운 손

노브라에
가슴 정도 가릴 상위만 걸치고
그의 곁으로 다가가
도구를 잡아 준다
가슴을 그의 팔 위에 슬쩍 얹어 놓았다
젖꼭지가 탱탱해진다

초고

헐거워진 시간
은빛 물결로 서걱거린다
닿을 수 없는 이름을 부르며
테라스에 앉은 젊은이들의 세계가 산만하다고
한 음절의 바람으로 모호한 문장을 만들어 놓고
해석되지 않은 문법을 탓한다

희뿌연 연기 속으로 밀어 올린 아픔도
투정에 닳아 문드러져 한 껍질 벗겨낸 말도
들고 나는 높은 열도 시가 되었다

마음의 빗장이 열리는 날
벅차오르는 젊음의 휘모리장단에
엇박자로 두드려온 바글바글한 음절
원고지든 자판이든 펼쳐놓고 끄적거리는 밤
달빛도 자라는 걸 보니 초고도 커가는 중이다

기별

아무것도 없다
둘러보니 그 모습 그대로 숨을 몰아쉴 뿐
가슴만 뻥 뚫려 있다

마음은 좀처럼 자라질 않아 아직 어리다
잘 가란 인사말로 적어 보낸
동장군의 매운바람은 참 많이 시리고 오래갔다

불길한 마음에 떨었지만
사라진 시간의 원형도 돌려놓지 못했다
세월의 아픔 무언의 기별로 적는다

제5부

마음의 밭을 경작하다

나의 꽃

보채는 마음은
비상할 수 있는 날갯짓이다
일순간의 유일한 사용을 위해
허용된 언어와 같이
수줍어 내딛지도 못하는 새벽
가슴을 열고 우주를 향한
내통을 선언하는 신음 소리
그 울림으로만 세상에 자신을
드러내는 붉은 입술
너는 나의 꽃이다
음절 하나 더 허용된다면
너는 나의 詩다

봄 눈

고요를 따라가 보면
하얀 마음의 그가 기다리고 있을 것 같아
그 앞에 서면 오금이 저리던 꿈은
몸을 흔들던 매운바람에 보이지 않고

겨울 가지의 인고를 시험하고도
덤덤한 척 청쾌한 하늘에서 내리던 눈
전달하지 못한 길은 정체되었지만
툭 열린 하늘의 여백 사이로
줄줄 흘러내리는 옷을 본다

마음의 길

한 사람을 담아 두기 위해선
얼마나 큰마음의 주머니를 준비해야 할까
제 상처로 마음의 길을 넓히며 가는
든든한 믿음의 집 하나 세워 놓는 일일게다

오래도록 기다려 여장을 꾸리고 나서는 길을
잊기 위해 긴 밤을 새우고
또 잊지 않으려고 밤을 밝혀 두는 시간들
보이지 않은 신열로 일궈낸 밭이다
지우려 하면 더욱 선명해지는
그런 흔적 하나

기도를 배우다

추위에 얼까 봐
방에 모셔놓은 화분
수줍은 미소 발그레한 얼굴

몇 해 전 첫 만남을 만들었지
너 아니면 손 줄 곳이 없어 헤맬 때
무언의 말로 가슴을 열어 보였지
너는 내 말을 잎새 사이 넣어두고
뿌리론 내 삶을 꼭 움켜쥐고 응원했지

아마도 네가 아니었으면
서러움의 멀미로 쓰러져 일어서질 못했을 거야
네가 곁에서 서성여준 기도로
이제는 춥지 않아

이정표

부동의 자세로 서서
수직으로 흐르는 빗물 다 삼키면서
오가는 길손들의 물음에
무언으로 화답하는 이정표

그을린 그 생이 의미라고
시가 되고 노래가 되고
때론 하얗게 지워질 때도 있지만
기억을 더듬어 주는

거친 바람으로 말을 걸어도
가는 길을 일러주기 위해
스스로 장승이 된 당신

배롱나무

엄동설한
지층을 흔드는 몸살에도
뿌리를 키워내는 중이다
죽은 듯 숨죽여 침묵하는 모습은
닥채의 속살처럼
훌훌 벗어버린 맨몸으로
하늘을 볼 수 있는 용기

어디서 온 것이냐
그대의 몸에서만 알아낼 수 있는 열기
눈을 감아도 찾아낼 수 있다
하루아침의 습작이 아닌
그리움이 자아낸 나이테의 속성
그 붉은 꽃 피워 올리려고
실오라기 하나 걸치지 않고 맨살로 눈바람 맞는다

가을 그리고 봄

이별을 통보받은 가랑잎
10월 허리에 대롱대롱 달려서 초침 속을 걷는다
생의 한 계절에서 물기를 거두고 바스락거리다
숲이 휘어지는 문턱에서 잊혀지지 않는 계절
붉디붉은 가슴에 갇혔던 빗물이 쏟아지면
바흐의 조곡을 듣는다

가을은 덧칠하지 않아도
온 세상을 황금빛으로 물들여 놓고
제 터를 내어 준다
지난 밤 자취를 감춘 소리는
빈 가지를 빠져나와 웅웅 겨울 사이로 들어갔다

빛이 모였다 흩어지는 오후의 목덜미는
어느새 푸른 기가 돈다

가을 기별

무대에 올려졌다
세월에 닳고 문드러진 경로

덖고 또 덖었던 이론처럼
내일로 가는 베이스캠프를 치고
쇳소리로 울어도 까닭모를 밑그림
작은 태풍에도 진이 풀려 넘어진다

계절의 바람을 훔치고
인지하지 못한 길을 걷다가
시간으로 헹구어진
밥내 풍기는 걸음을 만났다

무임승차

사는 게 소통이라고
세월의 간이역에서
무임승차를 용납하고
눈 감을 때까지라고 정하니
동행의 길목에서 박수 소리 들린다

불안한 세상에서
살아있다는 것만으로도 힘이 되겠다 싶지만
가슴 한 가운데 잠자는 근심이
세상을 못 믿어 스스로 고독한 자가 된다

우리는 무임승차의 가담자다
승차권도 목적지도 다르지만
마음 가는 길은 유사로 비켜설 수 없는 정거장
들녘의 바람을 일으키는 나무처럼
분명한 방향을 설정해 놓는다

빨래

저렇게 오래 흔들리고 뒤척여야
올에 스민 흔적들이
빠져나가나 보다
숨 가쁘게 자전하는 시간들 속에서
세파에 찌든 상념도 함께 돈다
표백제에 엉긴 갈피들이 얽혔다 풀어질 때
몸통에서 흘러나오는 음절들
그 아픔의 깊이에서
올올이 살아나는 희고 고운이여
버릴 것 다 놓아버리고
순수의 몸으로 문을 열고 나오는 날
너는 비로소 빨래가 아니라 내 속살이다

촛농

12월 마지막 밤엔 지난해 높이 세웠던
무대의 막을 조용히 내릴 때다
중심을 잃은 이들을 위해 촛불을 밝힌다

서툴게 걸어온 길에서는
눈물의 품도 팔아야 노랫소리 흐르고
제 살 태워 밝혀야 행복을 발견하게 된다

제 몸 살라 뜨겁게 쌓아둔 그 길도
시선 가볍게 둘 수 없는 허공이 많아
나는 또 얼마나 오래 몸 흔들까

파도

물마루 만들다 힘을 탓하는 이
젊은 어부의 핑계가 낳은 무덤이다

파도의 은밀한 거사에 말려 항해를 멈춘
젊은 어부 노을 한 모금 마시고 간다

수평선 길 잃던 날 정오
쉼 없는 바다의 독주에 귀 기울여보게

만져지지 않은 바다의 물비린내는
모든 사랑이 풀어내는 아름다운 연주라네

완전범죄

땅 부잣집 맏아들 늦장가 갔다
뚜쟁이 수완
걸어 다니는 사전 닮은 아내
허공에 쌓아올린 칭찬 높아서
맘 변할까 두렵다

식구 늘기 바라는
손 귀한 집 할미의 간절함은
블랙홀을 낳았고
춤추던 신랑은
의문의 사고로 객이 된 지 오래

떠난 자 말이 없고
파랑새 되어 허공으로 날아간 색시
땅 뒤집히는 일 일어나도
바람이 숨겨둔 사연 누구도 몰라
세상은 말을 아낀다
그 숲에 들지 않는 자 자신을 지키고 있다

"삶 속에 또 하나의 집을 세우는 노동의 기쁨"

— 김순선 시인의 첫 시집 『봉인된 말』에 붙여

이충재(시인, 문학평론가)

1

한 사람의 생애를 기록한 글 모음집을 우리는 평전이라고 부른다. 혹은 스스로가 제 흔적을 기록한 글을 자서전이라고 칭하기도 한다. 그렇다면 한 사람의 시인이 가슴으로 쓴 시 작품들은 어떤 성격을 지울 수 있을까? 이는 위의 장르 그 어느 쪽에도 놓을 수 없는 가장 사실적이고도, 입체적인 한 사람의 인생역정(喜·怒·哀·樂)을 짓이겨서 만든 '하나의 집'이라고 불리울 수 있겠다. 그도 그럴 것이 시가 지니고 있는 특징("시적 기능은 기술적 조작과 정반대이다. 시적 기능에 힘입어 재료가 본성을 회복하게 됨으로써 색깔은 더욱 색깔다워지고 소리는 충만한 소리가 된다. 시적 창조에서는 재료나 기구에 대한 구속을 찾아볼 수 없으며 오히려 그것들에 자유를 부여한다. 말, 소리, 색깔 그리고 그 밖의 재료들은 시의 궤도에 진입하자마자 변화를 겪는다. 여전히 의미 작용과 의사소통의 도구이면서 '다른 사물'로 변한다." - 옥타비우스)과 같이 언어가 시인의 영혼에 안착했다가 빠져 나가 한 편의 시가 되는 순간, 생명력 부재의 '글'이 아니라 이 시대를 살아가는 이들의 영혼을 위로하는 봄날의 촉촉한 단비와도 같고, 한겨울에 바람을 잠재우는 따스한 햇볕과도 같은 영혼의 양분을 제공하는 안식 공간이 되기도 한다. 그러기 위해서는 시인의 생애가 이에 맞는 필요충분조건을 갖추어야만 한다는 것도 잊어서는 안 된다.

미시적으로 시인은 치열한 자기애를 지녀야 할 것이며, 거시적으로는 인류애를 지니지 않으면 안 된다. 미시적 조건을 다시 부연 설명하자면, 자기 고독, 아픔, 고뇌, 외면, 주변인, 가난, 영혼과 육체의 고통 등도 기꺼이 품어 안고 구김살 없는 행보를 해야만 한다. 어디 이뿐이겠는가? 거시적 조건에서 맞닥뜨리는 것들 또한 예외가 될 수 없다. 집 앞의 들풀과 돌의 운명. 이름 없이 나고 쓰러지는 꽃과 나무, 그리고 생명 가진 모든 것들을 비롯하여 사유의 공간 안에서 사랑하고 질투하면서 맺어진 인연의 대상들까지도 모두 가슴에 품고 주어진 경주를 시작해야 하는 것이다.

그런데 이것이 말처럼 쉽지가 않다는 데 문제가 있다. 그래서 시인들의 영혼을 우주적이라고 표현하는 것이 훨씬 더 잘 어울린다. 어느 노 시인이 기자와 나누었던 대담을 잊을 수가 없다. 건강을 묻는 기자의 질문에 노 시인은 가슴의 수많은 돌기가 사진에 찍혀 나온다면서 그 돌기들은 이 세상을 살아가면서 세상의 질풍노도와 같은 현상들을 향해 시인이 제 가슴을 두들겨 맺힌 시인의 삶이 낳은 상징성과도 같다.

이쯤에서 시를 너무 사랑해서 시인이 된 모두에게 묻고 싶은 것이 있다. 과연 당신은 왜 시인이 되려고 하는가? 시인이 되는 것이 대체 꼭 필요하다고 생각하십니까? 이것은 필자의 질문이기 전에 헤르만 헤세의 질문이다. 헤세는 이 질문에 스스로의 답으로 설명하고 있다.

"시인이 된다는 것은 많은 재능 있는 젊은이에게 하나의 이상이다. 그들은 시인이란 존재를 독창적인 사람, 섬세한 감각과 정화된 감정을 지닌 마음이 순수하고 감수성이 예민한 사람으로 이해하고 있다. 그런데 이런 덕목은 굳이 시인이 되지 않아도 누구든 가질 수 있다. 또 미심쩍은 문학적 재능을 갖는 대신 그런 덕목을 갖는 게 더 낫다. 어쩌면 유명해질 수도 있겠다는 심정 때문에 시인의 길에 관심이 있는 자라면 차라리 배우가 되는 게 좋겠다

… 귀하가 쓴 시 습작이 귀하에게 유리하고, 자기 자신과 세계에 대해 보다 명확히 알게 되고, 귀하의 체험 능력을 제고시키며, 귀하의 양심을 날카롭게 해주도록 귀하를 도와준다는 느낌이 드는 한 시 창작을 계속하라."

이번에 출간하기에 이른 김순선 시인의 시집에 실린 작품들을 충분히 읽고 느낀 점이 바로 헤르만 헤세의 위의 말을 다시 필자의 기억 속으로 불러들인 동기가 되었다. 전자에 밝힌 바와 같이 시는 한 사람의 인생이란 역정을 수없이 왕복 운행 후 쓰인 사유의 결실이란 점에서 이 시들이 재료가 되어 지어 올린 집, 즉 우주로 창을 낸 한 채의 거대한 집이란 점에서 지극히 당연하다고 말할 수 있겠다.

필자는 이 작품집에 목록되어 있는 71편의 작품들보다도 훨씬 더 많은 시편들을 대할 수 있었던 큰 행운을 누렸다. 이 시집 『봉인된 말』이 첫 시집이란 점 하나만을 놓고 볼 때, 김순선 시인의 시인 이전의 삶과 이후의 삶이 송두리째 박제화되어 있음을 발견할 수 있었다. 그중의 일부분만을 시집으로 묶어 낸다는 것은 아쉬움이 반, 의미가 반이란 감성의 짐을 지우기에 이른다. 이 한 권의 시집을 가슴에 품게 될 때면, 누구나 시인의 모든 인생을 가슴에 품게 되는 결과론적 사유가 된다고 감히 말할 수 있는 것도 바로 이 때문이다. 이 시집에는 시인의 소녀 시절의 기억으로부터 시작해서 이순의 삶에 이르기까지의 흔적(상흔)들이 고스란히 저장되어 있다. 어느 한 편의 시를 '툭' 하고 건드리면, 일제히 어깨동무하고 일어나서 품에 안겨 사유의 풍성한 열매들의 맛을 보게 하는 그런 혜택을 누리게 한다. 그런데도 한 시인이 시집을 출간할 때 머뭇머뭇거리는 것은 자신의 숨겨 두었던 생의 흔적을 비롯해 시인의 고백에 따른 봉인된 모든 말(언어)을 독자들에게 다 들려주어야 할 부담스러운 모험을 시도해야 하기 때문이다.

이제 그 시편들을 하나둘 따라가 시인과의 일치된 삶을 경험해 보기로 한다. 눈물 쏟을 일이 있을 때, 함께 울어주고, 박장대소할 땐 함께 웃고, 어깨를 내어 주고 싶을 때나 꼭 한 번쯤은 안아 주고 싶을 땐 또 그렇게 하고, 일생일대에 단 한 번 있는 시인의 역사를 향해 시의 타임머신을 타고 다녀오는 은혜를 경험하기로 하자.

2

꼭꼭 여며 놓은 곳간엔
놓치지 않은 별의 노래
온몸 움켜쥐고 하늘로 오른다
가끔 산에다 놓아둔
야무진 가락들이 한 계절씩 들어앉아
바래지 않을 곡조 고르는 중이다

어제 잊은 리듬과
몸의 계절로 악보를 펼쳐보니
거역할 수 없는 생의 기별

몸의 색으로 문을 닫고
갈증을 호소하는 구름의 낯빛은
눈앞에 놓인 유령 같은 세월
투명하게 엮어서
지상의 작은 가슴과 나눈다

—「중년의 기록」 전문

사람은 저마다 크고 작은 역사를 품고들 살아간다. 이 작은 역사 속에서 또 맡겨진 역할 분담을 위해서 고군분투하는 것이다. 이것을 한 마디로 말하면 생활이요 삶이다. 그렇다면 인생의 네 계절을 영혼과 육체가 조화를 이루어 건강하게 잘 살아냈는가에 따라서 한 사람의 생애가 평가되는 것이기도 하다. 이 지점에서 자유로운 사람은 없다. 아무리 가면을 쓰고 철저하게 위장을 하고 점잔을 빼고 살아온다고 해도, 그의 인격이 낳은 열매는 분명 달기도 하고 쓰기도 한다.

그 지점에서 김순선 시인은 중년의 역사를 돌아보고 있다. 어쩌면 이순의 삶을 살기까지 시적 인생을 살아온 시인은 중년 당시엔 이렇게 살겠노라며 자신의 청사진을 제시하고, 그 청사진을 더 아름답게 채색하려고 고뇌하였는지도 모른다. 그 지점 어느 곳에서 위의 시는 쓰여졌을 것이다. 분명코 시인의 곳간은 가정(족)이다. 이 시집의 작품들을 보면 가족을 얼마만큼 사랑하고 있는지가 드러난다. 「첫차를 타면」, 「가정의 힘」, 「감자」, 「새벽시장」, 「첫울음」 외의 시들에서 그 특징을 쉬 발견할 수 있다. 중년이란 기준점은 동양과 서양이 달라서 서른 중반에서 마흔 중반을 잡는다. 그렇다면 시인에게는 분명 자녀들이 별과 같은 눈동자를 지닌 아직 어린 위치에 있었을 것이다. 분명 그들의 옹알이, 보챔, 재잘거림, 또래 아이들의 일상 말 길어 올리기 등의 대화가 수를 놓는 그런 가족 관계였으리라. 그런 시인에게도 낯선 생의 시점은 비켜 가지 않는다. 이것이 바로 3연의 첫 행과 두 번째 행에서 보여진다. '몸의 색으로 문을 닫고', '갈증을 호소하는 구름의 낯빛'. 이는 시인 자신이 살아온 생애를 돌아볼 만큼의 여유를 챙길 수 있다는 것이고, 그 시점을 알아차린 무의식적 결단의 시기라고도 볼 수 있다. 그런 시인에게 갑자기 '눈앞에 놓인 유령 같은 세월'의 한 지점이 떠오른다. 그리고 그 '투명하게 엮인' 지상의 작은 움직임들이 아른거린다. 중년의 시기를 시인은 작은 가슴으로 하늘과 같은 일상의 얼룩진 편지를 받는다. 그런데 그 일상들을 돌아보니 이슬처럼 촉촉하다고 고백하고 있다. 이것이 삶이고 인생이다. 관조도 아닌 생애의 중간 지점에서 돌아보고 그 이후의 인생 후반을 살아낼 또 다른 에너지 공급임을 시인은 이미 알고 있기 때문이다.

거친 몸을 벗겨야 하는 것이
어디 곡식뿐이랴
한 생도 가는 날까지
가슴 저미는 길을 내고
마음 비우는 기진함을 배운다

마을 어귀 물레방아
향수일지 모르나
엄지와 검지에도 잡히지 않는 씨알들
입안에 넣는 일도 이토록 고달픈데

마음을 씻어줄 도정(搗精)소
이름 위에 세우면
어머니의 젖을 물었던
그 천진한 웃음 웃어 보일 수 있을까

—「도정(搗精)」 전문

위의 시를 보면 시인의 삶의 배경이 어디인가? 그대로 보여지는 회화적 창작 기법을 엿볼 수 있다. 이 시집을 이룬 전편의 작품들을 보면서 시인이 나고 자라고 뼈를 묻을 각오로 존재의 가치를 다지는 그 땅이 농촌 풍경임을 금방 알아차릴 수 있다. 위의 작품 외에도 「장터」, 「우마차」, 「겨울 강」, 「봄옷 입는 소리」, 「밤바다」 등 계절을 노래한 각 시편들이 그렇다.

시인에게 있어 사물은 단순 대상으로서의 사물이 아님은 이미 시 독자들도 감지하고 있다. 그 인식 공간에서 일어나는 모든 일들을 근거로 할 때 시인은 이 시 첫 연에서 그 가치를 분명하게 성토하고 있다. '거친 몸을 벗겨야 하는 것이' '어디 곡식뿐이랴' '한 생도 가는 날까지' '마음 비우는 기진함을 배운다'가 이 시의 백미(白眉)를 이루는 문장이다. 이 시에서는 바로 1연이 아포리즘 성격을 띤 가장 핵심 문장이 된다. 사람은 제1의 인격과 제2의 인격을 지니고 살아간다. 전자의 인격은 부모로부터 물려받거나 유전적 환경으로부터 형성된 인격이라면, 후자의 인격은 그 이후에 만들어진 얼마든지 스스로가 계량, 절제하여 재창조할 수 있는 인격이다. 그런데 그것이 결코 쉽지가 않다는 것을 알고 있는 시인은 이 작품에서 그 당연성을 독자들에게 알려 주고 싶어 하는 눈치다. 한 사람의 인격 파탄이 불러올 어려움을 시인은 누구보다도 잘 알고 있어서, 낱알을 깨끗이 정제하는 도정(搗精)의 과정에 비유하여 그려내고 있다. 이는 시인이 인간관계를 통해서 한 사람의 인격이 얼마나 귀한 역할을 하는가에 대해서 시인의 역량을 총집결시키고 있다.

풀잎은 계절의 허기로 눕는다
내일로 가는 길 누렇게 익어
껍질이 툭툭 터져 불거진 알갱이들

들창 삐죽이 열고 허공을 유영한다

상처로 거뭇한 심장
입술 위에 검지를 세워 쉿!
저항력으로 밀어붙이는 힘을 조절하기 위해
문드러진 허물을 하얗게 일구며 새싹을 낸다

쓰고 싶은 말을
입 밖에 내지 못하고 잠드는 날이면
깨진 영혼의 창을 닦으며
거칠어진 삶 그 위에
봄볕 한 줌 얹어놓는다

—「포즈」 전문

이 작품에는 예외 없이 삶의 노정이 그대로 노출되고 있다. 1연의 '풀잎은 계절의 허기로 눕는다' '내일로 가는 길 누렇게 익어' '껍질이 툭툭 터져 불거진 알갱이들' '들창 삐죽이 열고 허공을 유영한다' 등의 시 문장과 2연의 '상처로 거뭇한 심장' '저항력으로 밀어붙이는 힘을 조절하기 위해' '문드러진 허물을 하얗게 일구며 새싹을 낸다' 등의 언어는 이 시대가 안고 있는 현상을 그대로 노출시키고 있다. 그런데 더욱이 슬픈 것은 이러한 모든 현상들을 보고도 다 고백해 내지 못하는 시인 자신의 체면, 관계성, 배려 등이 나은 생활 문화로 인해서 침묵 행위를 강요당해야 하기 때문이다. 이것은 바로 이 시의 3연에 가서야 겉으로 스며 나오게 된다. '쓰고 싶은 말' '입 밖에 내지 못하고 잠드는 날'이 그것이다. 이 시행들을 위해서 시인은 뚝 잘라서 또 다른 한 편의 시인 제4부에 실린 「봉인된 말」 2연의 마지막 행('오래도록 서성거려 얻은 고립된 언어')에 귀결시키고 있음을 알 수 있다.

이것이 바로 시인이 지금까지 살아온 그리고 인생후반기의 삶을 살아낼 이정표이자 목적의식이자 방법론이자 가치 있고 의미 있는 생애를 향해 용기 있게 선언한 포즈인 것이다. 그래서 시인을 만나면 그 미소와 낮은 알토음계로 들려주는 대화에서 곧 느끼게 되는 부드러운 겸손을 발견하게 된다.

바퀴 구르는 소리만으로도
무게를 잴 수 있다시던 아버지
"짐을 덜어야겠다"
그게 무슨 말씀이신지
알아차리지 못했다

볼을 에는 날
경사진 빙판 위에서
숨 고르기 하는 소의 누진한 침이
당신의 배고픔이라며 밥상 위 그릇만 헤이시던
말 없으시던 아버지의 그 눈빛

아버지의 계절 그 문에 들고 보니
그 시절 아버지의 어깨가 많이 눌려있었다는 것을
삼대 의식주가 매달려 짓누르던 무게를 이제 본다
소 잔등과 아버지의 허리춤에 묶여있던
뜨겁게 내뿜던 "이랴!" 소리를 듣는다

아버지의 웃음소리는 마을에서 가장 크셨다

—「우마차」 전문

이 시는 제1부에 수록된 작품 「홀로 배우는 길」, 「가정의 힘」과 연관해 감상하면 그 시의 맛을 더 느끼게 된다. 전자의 시는 '어머니'의 사랑과 양육의 의미를, 후자의 시는 '아버지'의 사랑과 가족의 중심축으로서의 역할을 설명해 주고 있다. 그리고 이 시에 와선 후자인 아버지의 존재를 구체적으로 설명해 주고 있음을 볼 수 있다. 분명히 이 시에서는 전통 시가인 '사모곡'에서 노래하고 있는 호미의 날로서의 아버지가 아닌 낫의 날로서의 어머니의 역할을 치열하게 해 내고 있는 시인에게는 둘도 없는 대상인 아버지를 향한 그리움이 짙게 배어있다. 그 그리움과 고마운 마음을 위해서 21세기 중심에서 시인이 할 수 있는 것은 아무것도 없다. 그래서 시인은 '뜨겁게 내뿜던 "이랴!" 소리를 담아 시를 써 본다' 이 한 줄의 시 행에 아버지를 위한 그리고 아버지를 향한 고마운 마음과 그리운 마음이란 두 개의 기둥을 마련해 놓고 있다. 이 두 기둥이 시인의 남은 생애를 거뜬히 지탱해 줄 것을 믿기에 감사하고 마음이 놓인다.

한 편의 시를 더 감상할 수 있다면 참으로 기쁨이 아닐 수 없다. 그 시가 바로 「어떤 삶」이다. 이 시에서 '천식 소리처럼 가난하기만 한 삶' '어깨가 무거워 보임은' '자식에게 빚지운 걸음이었다는 걸' '감추고 싶어서일까' '해 두어 뼘 드는 골목으로 떨어지는' '희미한 불빛이 유난히 힘겨워 보이는 하루다'는 시인의 당시의 생활상을 변론하는 시임에 틀림없다. 어느 것 하나 거짓이 없는 시인의 아픈 그러나 진실된 생활 환경을 그대로 드러내 주고 있다. 시인은 자신의 알몸과 상처의 노출을 통해서 또 다른 독자의 상한 영혼을 치유케 하는 아름다운 마음을 지니고 있다. 그래서 때론 시가 아프게 다가온다.

안방 장롱 가운데 서서
언제까지 잠들지 않을 것처럼
눈을 고정시킨다
내 삶의 기록이 고스란히
저 거울 속을 들어앉았다 나오곤 한다

잔주름과 함께 비벼 놓은 불면의 밤
잘게 부순 기억의 부스러기들
습작도 없는 길을 가느라
실수의 실수를 나무라며
얼얼하게 시린 손끝을 빠져나가는 시간들

그 한쪽 그림이 지워지면
거울 앞에 조아려 지그시 감긴 눈
명경의 깊은 강에 배 띄워 놓고
세상을 다 비운 양 또 한 번 질끔 감는다

—「거울」 전문

지금까지의 시편들은 시인 자신이 나은 뒤란의 삶 혹은 숨어 있는 삶의 편린들을 독자들에게 그리고 사랑하는 이웃들 앞에 조심스럽게 내보여주었다면, 위의 시에서는 한 발자국 성큼 달려 나와 자신을 거울 앞에 세우는 용기 있는 결단의 순간을 보여주고 있다. 누구에게나 결심은 있을 수 있다. 그러나 그 성취 혹은 가치 있는 삶의 분기점은 분명 행위에 달려 있다. 그렇다면 시인에게 있어서의 행위는 무엇인가? 자기 고백인 것이다. 가슴 속에 뭉쳐 있는 응어리 같은 무의식 속의 자아, 페르소나(가면)의 겉옷을 벗기고 알몸으로 나가 한판 결투를 선언하자는 그 순결이 낳은 결단이 바로 '거울' 앞에 선 자신과의 대화이며 약속이며 전략적 삶을 위한 시인의 대반전인 것이다. '명경의 깊은 강에 배 띄워 놓고' '세상을 다 비운 양 또 한 번 질끈 감는다'가 이것이 바로 시인의 변화된 태도이다.

빗소리에 흔들리는 나뭇잎
온몸 자지러진다
서늘한 바람 옷깃 들추고
생살 엿보는 인기척 없는 굳은살
차창에 맺힌 물방울 덩달아 조각이 난다

계절의 기운이 빚어낸 한기
익숙한 풍경을 만들어
작별을 고할까 두려워
유효기간이 지난 듯한 계절은
저마다 관절을 앓고 있다

가을이면 통달한 길도 있지만
몸을 비워내는 계절의 무서운 순리
잎의 임종을 고하는 진단 견뎌야 한다
이 한 줄 적느라 삼킨 계절의 문턱들…

—「계절의 관절」 전문

위의 시는 다른 시 「계절 마중」과 맥을 이루는 작품으로 감상하면 좋다. 시인은 용기 있는 결단을 선언한 뒤, 본격적으로 자신의 의미 있는 생애를 향한 일보를 내딛는다. 그것이 바로 계절을 맞이하는 절차인 것이다. 떠오르는 밝은 태양을 몸으로 맞이하기 위한 대낮을 충분히 경험하기 위해서는 여명의 냉기를 경험해야 하듯, 오는 시대와 맞닥뜨리기 위해서는 반드시 오는 계절을 맞이해야만 한다. 그런데 시인은 지금까지 자신을 따라다니면서 옥죄어 온 유년의 가난과 갈등하며 힘겨워했던 중년의 역사로 인해서 자신의 중년기 일부가 상흔을 지니고 있음을 이 시에서 들려주고 있다. 그것이 바로 '계절의 관절'인 것이다. '온몸 자지러진다' '서늘한 바람 옷깃 들추고' '차창에 맺힌 물방울 덩달아 조각이 난다' '유효기간이 지난 듯한 계절은' '저마다 관절을 앓고 있다'

모든 것이 미완성, 오류, 한 치의 부족분이 자아를 괴롭힌다고 해도 시인은 이를 극복할 용기를 이미 체득하고 있기에 두려움이 없는 것이다. 비록 계절의 절룩거리는 관절과 같은 상황일지라도 시인은 잎의 임종을 고하는 검시관의 진단을 견뎌내야 하는 그 믿음으로 어떠한 결과들을 견디어 낼 수 있다는 자기 확신에 깊게 뿌리내리고 있음을 볼 수 있다. 이 결단 이후로도 시인은 시「꽃의 뿌리가 아프다」처럼 인생의 진통을 경험할 것이다. 그럴지라도 이 시집에서의 자기 고백이 살아있는 한 하나도 두렵지가 않음이 시인의 작품에 복선처럼 깔려 있다.

온몸에 넘치는 윤기는
비단 같은 세월만 지나온 것은 아니다
제 살 트는 메마른 세월을 견뎌온 대지는
마르지 않은 젖줄로 새 생을 키우는 중이다

깨를 볶듯 따가운 햇살에
풀 익는 냄새는 흙의 울음이고
뿌리를 덮던 노고는 하늘을 마중하고
흙은 살아나는 신비를 펼쳐놓는다

붉어진 낯빛은 후줄근한 호박잎 닮아
세상의 물살을 가르지 못하지만
흙 속 뿌리의 어깻죽지를 치켜세우고
그 뿌리의 힘으로 시를 쓰고 싶다

—「뿌리로 시를 쓰고 싶다」 전문

시인은 앞 장의 시에서 꽃의 뿌리가 아프다고 절규했다. 그런데도 시인은 이 시 「뿌리로 시를 쓰고 싶다」 중 '제 살 트는 메마른 세월을 견뎌온 대지' '흙은 살아나는 신비를 펼쳐 놓는다' '흙 속 뿌리의 어깻죽지를 치켜세우고' '그 뿌리의 힘으로 시를 쓰고 싶다'라며 시 앞에서 스스로 의지를 재확인하고 있다. 여기서 시인이 행복한 삶을 위하고, 자신의 삶을 온전히 거하게 할 집을 짓기 위한 재료로서의 시를 사랑하는 굳은 의지를 다분히 엿볼 수가 있다. 분명 시는 돈이 되지 않는다. 그럴지라도 시인이 노래하듯이 시인에게 있어서 「지난밤 꿈」에서 만나 자신의 생물학적 온몸과 정신을 자극했던 '그 누구로부터 공급된 힘'인 것이며, 자신의 생애를 의미 있게 하는 산 소망이며 자녀들이며, 절친한 벗이며, 또한 앞으로 살아가면서 만나게 될 그리운 이들이 건네주는 따스한 온기임에 틀림없다.

아무것도 바라지 않을 거라고
그냥 가슴에 잠자고 있으니
언제든 그려 보면 될 거라고
새날이면 주문을 외며 문을 나서는
그 가난한 풋내가 지겨웠을까

배우지 않고 부르는 노랫말은
맘부터 부수고나와 늘 아프다
풋잎에 가슴을 내어준 한여름 감기는
약의 처방전이 없어 생살이 트는 길 한복판을
오래도록 서성거려 얻은 고립된 언어

비밀정원을 꾸려
마르지 않을 그리움을 쪼개 먹으며

갇혀버린 봄의 비린내를 푸름 위에 널어도
봉인된 언어들은 싹이 틀 때마다 시리다
마음의 노동은 표현할 수 없는 길에서…

—「봉인된 말」 전문

이 시가 지금까지 살아온 시인의 역사와 미래를 잇는 가교가 되는 중심 작품이라고 할 수 있다. 한국의 여성들은 최소한 자신의 속내의 언어들을 잘 키워온 인생을 살아오질 못했다. 그만큼 유독 여성들에게만은 제한이 많은 문화의 지배를 받고 그 영향권 아래서 고뇌를 강요당해 온 것이 사실이다. 즉 하고 싶은 자신의 속말들을 다 하지 못하고 살아온 기구한 생애를 향한 한 포기의 뿌리와도 같은 질긴 인생을 살아야만 했다. 이것이 바로 이 나라가 여성들에게 진 큰 빚임에 틀림없다. 그 상황을 시인은 '봉인된 말'에 진솔하게 담아내고 있다. 이제는 그 말('봉인된 언어들은 싹이 틀 때마다 시리다')들을 하나하나 꺼내어 강 물길에 눕혀도 보고, 강물에 흘려보내려고 하는 결의를 보여 준다. 그 봉인된 말을 들으려고 애쓰지 않아도 된다. 다만 시인으로서의 김순선의 남은 시적 인생을 지켜보면, 매시기마다 쓰여질 시들 속에 하나둘 묻어나올 것이기 때문이다. 그때의 작품들은 아픔과 슬픔 그리고 고뇌가 사라진, 탱글탱글한 사상들이 익어있음을 만나게 될 것이다. 이 시들은 그 날을 위해서 시인의 삶이란 시냇가에 놓인 든든한 징검다리이자 마중물인 셈이다. 시인은 새롭게 자신의 존재감을 제시하고 있다.

3

지금까지 김순선 시인이 낳은 각 시편들을 살펴보았다. 이 시집에 실린 시들은 참으로 오랜 시간을 두고 쓰인 시인의 삶을 위한 대변(代辨)자와도 같다. 단 몇 년에 걸친 기간 안에 태어난 것이 아닌 시인의 소녀 시절 여성성이 꽃 피어날 때부터(「기억의 빨래터」) 시작하여 오늘까지의 얼룩진 삶이 그대로 버무려져 낸 시의 참맛을 보여 주는 연회의 자리이다. 그래서 시편들을 대할 때마다 마음을 찡하게 울려대는 생애의 교훈들이 고스란히 느껴진다. 삶은 이론으로 배워지는 것이 아니지만, 시인 한 사람의 삶이 이루어낸 결정체로서의 시집을 읽을 때면 가슴 깊이 느껴지는 것이 바로 시만이 지닌 증표이자 상징이다. 특히 인생 만년에 펴내는 첫 시집이란 점에서 그 가치와 의미는 실로 말할 수 없을 만큼 귀하고도 소중한 것이다. 시인은 이 한 권의 처녀 시집을 출간하면서 스스로가 인생의 후반을 예약하고 있다. 그 시가 바로 「이정표」이다.

이 시에서 시인은 '부동의 자세로 서서' '오가는 길손들의 물음에' '기억을 더듬어 주는' '거친 바람으로 말을 걸어도' '가는 길을 일러주기 위해'서 그 자리에 우두커니 서

있음을 본다. 그 '이정표'로서의 삶을 살아드리겠다는 약속을 가족과 친구들과 이웃들과 독자가 된 새로운 벗들에게 하는 것이다. 김순선 시인은 아름다운 제2의 인생을 위한 선언을 이순에 와서야 한 권 시집의 혼을 통해서 전해 주고 있다.

이 한 권의 시집이 누구의 가슴에 안길지는 시인 자신도 그렇고, 해설을 쓰는 필자는 말할 것도 없고, 절친한 친구들이나 이웃 가족들도 잘 모른다. 기계적이고 물질만을 추종하는 도시의 까마귀와 같은 인생을 살아가는 이들은 더더욱 모른다. 그러나 물질 세계 한가운데를 관통하면서 눈부시도록 반짝이는 날을 세워 썩거나 오래된 나무의 등걸을 짓누르는 마른 가지들을 잘라내는 도구로서의 시의 힘은 아직 건재하다.

이 시편들이 밤을 새워가며 자신의 남은 인생을 더 나은 발전의 지대로 밀어 올리기를 위해 고뇌하는 독자들에게 그 방법과 길을 열어주는 이정표가 되어 주기를 바란다. 최소한 이 시집을 통해서 만나게 될 새로운 독자들이 이 시집을 통해서 그들 삶이 치유되고, 만나는 장애물을 거뜬히 넘나들 수 있길 바란다. 이 모든 것이 현실로 가시화될 때, 시인이 이룩한 그 시적 성과는 분명코 위대할 것이다. 오늘날의 인간성 상실로 인한 위급함

이 급습하는 시대에 이 시집 『봉인된 말』의 잔잔한 시인의 내적 고백이 다시 인간성 회복을 불러오길 기대한다. 그 시점에서 시인은 이 준엄한 행사에 아주 친밀한 역할자로서의 자리 매김자로 등극하게 될 것을 믿어 의심치 않는다. 그 날을 기대하면서 이 한 권의 시집이 시인의 삶에서 위로와 수많은 아픔을 동시에 경험했던 많은 사람들을 위해서 사랑과 위로의 메시지가 되기를 바라 마지않는다. 시인이여! 이 어두운 세상에 스스로 밝은 빛이 되어 주소서.